AF358175

VENTE

Du Jeudi 7 Novembre 1895

HOTEL DROUOT, SALLE Nᵒ 6

A 2 HEURES 1/4

TABLEAUX

Anciens & Modernes

DES

DIVERSES ÉCOLES

AQUARELLES, DESSINS, PASTELS

MINIATURES · LIVRES

Mᵉ Léon TUAL
Commissaire-Priseur
56, rue de la Victoire, 56

M. A. BLOCHE
Expert
28, rue de Châteaudun, 28

EXPOSITION PUBLIQUE

Le Mercredi 6 Novembre 1895

DE 2 HEURES A 6 HEURES

CONDITIONS DE LA VENTE

La vente sera faite *expressément* au comptant.

Les acquéreurs payeront en sus des adjudications *cinq pour cent*

L'exposition mettant le public à même de se rendre compte de l'état des objets, il ne sera admis aucune réclamation une fois l'adjudication prononcée.

Paris. — Imp. artistique E. Menard & Cie, 8, rue Millon.

TABLEAUX

APPIAN

1 — *Marine.*

BAUDOIN

2 — *Rêverie.*

3 — *Les premières fleurs.*

4 — *Après le bain.*

BEAUQUESNE (W.)

5 — *7ᵉ et 10ᵉ Cuirassiers sous Thionville. Brigade Forton 16 août 1870.*

Importante composition.

Signé à droite.

6 — *La fin d'un combat.*

Signé à droite.

BERNE BELLECOUR (E.)

7 — *Officier de Mobiles.*

Signé à gauche.

BOUCHER (École de)

8-9 — *Jeux d'amours dans les nuages.*

Deux dessus de portes.

BRASCASSAT

10 — *Tête de loup.*

BRYER

11-12 — *Scènes mythologiques.*

Quatre gravures à la sanguine.

D'après Angelica Kauffmann.

CALBET (A.)

13 — *La femme au lorgnon.*

CARRIER-BELLEUSE (Pierre)

14 — *Fin de leçon.*

Pastel.

15 — *Avant d'entrer en scène.*

Pastel.

16 — *Mélancolie.*

Étude.
Pastel.

COROT?

17 — *Paysage.*

Signé à droite.

DETROY (Attribué à)

18 — *Enfants jouant avec des animaux.*

Dessus de porte.

DONAT

19-20 — *Entrée de forêt et clairière.*

Deux pendants.

DORÉ (Gustave)

21 — *Les Mendiants.*

Signé à droite.

DUPRÉ (Jules)

22 — *Vaches à l'abreuvoir.*

VAN DYCK (Attribué à)

23 — *La Vierge et l'Enfant.*

Cadre bois sculpté.

FRANCK (François)

24 — *Allégorie aux Arts et aux Sciences.*

Peinture sur bois.

FEYEN-PERRIN

25 — *Le Naufrage.*

GOUPIL (Léon)

26 — *Portrait de femme en costume Moyen-Age.*

Signé à gauche.

GREUZE (D'après)

27 — *Portrait de femme en extase.*

HERMANN (Léo)

28 — *Incroyable.*

29 — *La Lecture de la gazette.*
Deux dessins à la plume.

HERNANDEZ

30 — *La Charmeuse de serpents.*
Scène inspirée de l'antiquité.
Signé à droite et daté 1883.

ISRAELS (J.)

31 — *Études.*
Quatre esquisses signées dans un même cadre.

ISTA (V.)

32 — *Vue de Royat.*
Aquarelle.

JACQUE (Ch.)

33 — *La Bergerie.*

Signé à droite.

JANET-LANGE

34 — *Chasse à courre.*

35 — *Chasse au renard.*

Deux grands tableaux se faisant pendant.

LACOSTE

36 — *Le passage de la rivière.*

Grande aquarelle.

LAGRENÉE

37 — *Portrait de grande dame représentée en Source entourée d'enfants se livrant au plaisir de la pêche.*

Gracieuse composition allégorique.

LALANNE

38 — *La Mare.*

Dessin au fusain.

LAUGÉE

39 — *Le Nid.*

LÉPINE

40-41 — *Marines.*

Deux tableaux se faisant pendant.

42 — *Paysage avec maison.*

Étude.

MEISSONIER (E.)

43 — *Un canon sur son affût, dont une roue est brisée.*

Étude pour le « 1807 ».

Provient de la vente après décès du maître.

44 — *Mousquetaire.*

Beau dessin au crayon.

MEISSONIER (E.)

45 — *Portrait de jeune homme assis. Des bons-hommes et un peintre.*

Trois dessins dans un même cadre.

Provient de la vente après décès du maître.

MIGNARD (Attribué à)

46 — *Portrait de grande dame.*

MONNOYER (J.-B.)

47 — *Pièces d'orfèverie et fleurs.*

Beau panneau décoratif.

MONTICELLI

48 — *La promenade dans le parc.*

Signé à gauche.

MOSNERON-DUPIN

49 — *Jardinière remplie de giroflées.*

Aquarelle.

NETSCHER

5o — *Portrait d'homme en armure.*

Cadre ovale.

PALMA

51 — *Saint Sébastien.*

Très beau tableau ayant fait partie de grandes galeries d'Espagne.

DE PUJOL (Abel)

52-53 — *Portraits d'homme et de femme*

Deux tableaux.
Signés et datés 1829.

RIBOT (Th.)

54 — *La femme au chat.*

Signé à droite

ROSSI (L.)

55 — *Le Billet doux.*

Signé à gauche.

ROYBET (Genre de)

56 — *Au cabaret.*

    Peinture en grisaille.

57 — *Portrait du peintre par lui-même.*

    Miniature signée et datée 1814.

58 — *Portrait de Michelot des Français.*

    Miniature signée à gauche.

TIVOLI (Rose de)

59 — *Troupeaux dans la campagne d'Italie.*

VINCKEBOONS

60 — *Fête dans le parc du château.*

    Belle composition de nombreuses figures.
    Signé à gauche et daté 1612.

VOGLER (F.)

61-62 — *Scènes de la vie de ferme.*

    Deux tableaux.

                      Signés

WATTEAU (École de)

63-66 — *La comédie italienne.*

Quatre tableaux se faisant pendant.

ZIEM

67 — *Paysage et marine.*

Signé à droite.

ÉCOLE FRANÇAISE

68 — *Portrait de la Malibran.*

Grand et beau tableau.

69 — *Portrait du Prince de Taleyrand Perigord en costume de cour.*

Grand et beau tableau.

ÉCOLE FRANÇAISE XVIIIᵉ SIÈCLE

70 — *Portrait de Mme Fournier, née Daix.*

71 — *Portrait d'homme en costume bleu.*

Pendant du précédent.

72 — *Le Triomphe d'Amphitrite.*

Joli tableau décoratif.

ÉCOLE FRANÇAISE

73-74 — *Portrait d'homme et de femme en costume Empire.*

Deux pendants.

ÉCOLE ANCIENNE

75 — *La Vierge et l'Enfant.*

ÉCOLE ITALIENNE

76 — *La Vierge au Saint-Martin.*

Cadre bois sculpté.

LIVRES

77 — Très beau Saint Gratien avec deux miniatures.

78 — La décoration polychrome d'après les étoffes anciennes.

79 — Lots omis.